fuzuki yumi

parallel world no youna mono

shichosha

パラレルワールドのようなもの

文月悠光

リボン

空が白んで、
わたしの身体を浮かび上がらせる。
街はかたつむりのように透明で、
次第に輪郭を取りもどす。

なぜ目覚めてしまうのだろう。
毎朝その理由をかんがえる。
それは
世界が完成しないから。
わたしが世界を

見つめつづけているから。

夜がきても
ほどかれないように
手を結ぶ。
これは祈り。
きのうのわたしと
きょうのわたしを
繋いでおくための祈り。

目次

装幀＝川名潤
カバー写真＝小山泰介

パラレルワールドのようなもの

消された言葉

夏の骨

夕立に白くけむる道が
わたしを高架下に立ち止まらせた。
頬を張るような冷気が流れ込み、
一つ結びの髪と肩の間をくぐっていく。
首をつかまれた心地がして
思わず半歩、後ずさりする。
今たしかに輪郭を乱していく、
雨が流れ着く先を　わたしは知らない。

はげしく破けていくような雨音で、
忘れていた遠景が浮かび上がってくる。
雨粒は、記憶をきれいに踏み分けて
じきに乾き去っていくだろう。
取り戻せると錯覚したあの夜にも
あっさりと温かな陽はのぼり、
このまぶたを乾かしていったから。
あと一台車が通ったら、道を渡ろう。
弱まる雨の呼吸がすでに懐かしく、
昨晩、すべらかな赤い陶器越しに感じた
彼女の骨のつめたさを思った。

海のつくりかた

八月の海へカメラを構えて歩いていく。
ひとり近づいていくのが心許なくて、
目的があるかのように足を運ぶ。
iPhone のカメラを右に振ると、
日焼けした男女のグループが映し出された。
波風を立てずに過ごすことばかり考えてきたから、
波にのる　ましてや波をのりこなすなんて
浮かれた発想に驚いてしまう。
海を怖いと思うほど、私は海を知らないし
だから何をしにきたわけでもない。

（わかってた。居場所があるひとたちは、居場所をつくる努力も面倒も惜しまないこと）
（うん、わかってる。私は彼らを羨んでみたり軽蔑してみたり、当たり前を奪われながら、できるだけ現実を遠ざけて）
まだ出会っていないあなたに向けて、今を編み上げてきた。

歩き続けた。波音の起伏をより近くに感じる。帽子を忘れたつむじ頭に手をやり、そこに集まる陽射しの熱を確かめる。日焼け止めの液を何度腕にのばしても、たちまち潮風に侵食されて、肌との境目がわからなくなる。
まだあきらめたくない、でも
頭の芯がぼんやりと溶けていく。
次第に肩まで水に飲まれてゆき、
ひたひたと声が近づいてくる。

八歳のわたしたちは海をつくった。プール授業の最終日、クラス全員で腕を組み、水のなか息を詰めて青い壁へ向かっていく。先生が鳴らすホイッスルを合図に、プールの端から端を往復して水を漕ぐのだ。小さな身体で足掻くように一歩一歩、波を運ぶ。水面は揺れ動き、水全体が意志を持った生きものとなって目覚める。白く輝く尾をしたがわせ、わたしたちを追いつめる。今四肢を翻弄するのは、自分たちがこの足で生み出した海なのだ。わたしたちは声を上げて、必死にはしゃいだ。押し寄せる恐れをかき消すために。隊列がほどけてしまわぬよう、きつく互いの腕を引いて。

まぶたに食い込むゴーグルを剝ぎ取れば、二十九歳の私が炎天下に立っている。一九九九年八月から二〇二〇年八月。あの波が私をここまで連れてきた。鼻にツンと残るカルキの匂い、水が入ってくぐもる耳穴。クラスメイトの腕の感触がまだ肘のあたりに漂うけれど、ここには誰もいない。海だけが自立して波音を奏でている。陸にいるのに呼吸が苦しい。先生のホイッスルは鳴り止まない。

私はもう、あの少女を振り返らない。

なぜこんなところをまだ歩いているのか。
怒りや焦り、自分を責め立てる声も
叩きつける泡とともに、無になっていく。
死だけが平等に思える。
満月まであと二日、昼の月が霞んでうつろう。

波の先頭で、見えない子どもたちが手を繋いでいる。
子どもたちの隊列は、途切れることなく水を浜に運ぶ。
波が私のつま先に触れてくるとき、
八歳の未完成な手のひらがあどけなく、じゃれる。
そのまま水底に連れていかれそうになるのを
後退りして、私は拒んだ。
ある思惑がよぎる。
「この少女を、幸せなうちに殺してみてはどうか」

子どもらの群れからはぐれ出た私は、
ふたたび眩しい海沿いをゆく。
擦り切れた三センチのヒールを鳴らして
たったひとりで波を立てている。
十一歳も十五歳も二十八歳も　光のない荒海で
己を生かすために最善を尽くしてきた。
死に惹かれながらも、決して溺れなかった。
それは、あなたと出会うためだと信じてみる。
二〇二〇年八月、あなたとはまだ出会っていない。

消された言葉

「壁に詩を書いてほしい」
知人から風変わりな依頼を受けたのは、十年近く前のこと。
取り壊し予定の、ある一軒家を貸し切って
パーティーイベントを開く予定だという。
家主と知人にどんなやりとりがあったのか定かではないが、
取り壊し前なので壁は自由にしてもらって構わない、というのが
家主からの唯一の伝言だった。

イベント前夜、わたしは会場となる白金台の一軒家に滞在し、徹夜で壁に
筆を走らせた。家具も一切ないがらんどうの部屋で、詩はのびのびと屈伸

した。窓枠から詩行をなびかせ、ドアの陰に身を潜め、しゃぼん玉のようにひらがなを振りまいて。知人に召集された若い画家たちも絵で参戦し、壁はたくさんの文字と絵で彩られ、双方が重なり合う空間となった。

翌日、大学の授業が終わった直後、依頼人から急に電話がかかってきた。パーティーは今夜の予定だが、どうしたのだろうか。彼女はひどく慌てた口調でこう告げた。

「文月さんの詩を消しました。ごめんなさい」

呆気にとられ、理由を尋ねる。家主から「文字だけはどうしても消してほしい」と強い要望が出されたという。「終了後に壁を塗り直すから」と説得を続けたが、家主の答えはやはり変わらなかった。ほんとうにつらい気持ちで消したのよ、と心底申し訳なさそうな彼女。

これから向かうことを告げ、
わたしは会場へと急いだ。
嘘ではなかった。
文字は全て白く塗りつぶされており、
絵だけがそのまま壁に残されていた。
わたしは絵の周りに生まれた、
不自然な空白をぼんやりと見上げた。

知らぬ間に消された言葉。
この壁が
あなたの家であるように
壁の言葉は
わたしの詩である。
わたしの詩はうっかり、
守られるべきあなたの領域を侵した。
だからこそ　消されねばならなかった。

そうなのでしょう。

間接照明にぼうっと照らされたリビングで、奇妙なパーティーが始まった。
ＤＪは大音量で歌詞の入った曲を流し続け、そのことに皆どこか安心した
ようにはしゃいでいる。壁から詩が消されたことなど当然、誰も知らない。
わたしはまだ意識を壁に引っ張られていて、部屋の中心からそっと離れた。

壁に書かれた詩は、
本のようには閉じられない。
歌詞のように聞き流すこともできない。
壁の文字は、生きた人間のようだ。
そこにあることを無視できないのだから。

言葉は否応なく「他者」なのだ。
その「他者が侵入してくる感覚」に
家主はいち早く気づいたのではないか。

遠ざけておくことのできない他者。
それは、得体の知れない冷たさ。
まるで幽霊がたたずんでいるような。

（わたしは　あれからずっと
言葉が消された後の世界を生きている。
それは詩人として恥ずべきことか？
言葉を消されたことのない詩人は幸福なのか？
わたしはあの壁を離れず、番人のように
詩を守るべきだったのだろう。
白いペンキを被り、壁に手足を塗り固められても）

壁に残　、荒い刷毛の跡を指先で　っていく。
　の　るりとし　感も
ド　の形も　銀色の蝶　もこ　指の先　ら蘇
目立　い　ア　は、

ぺ　の　が　ざと薄　な　　いて
　の文　を　っす　透か　て　　。
な　　消　　まいと　る、
　精　　の　抗をり　　　　す。

言葉は消される。
誰かの手によって息の根を止められ、
知らぬ間に抹消される。
あなたがいま目にしている、
まっさらな白い壁。
それは、すでに言葉を消された後の
沈黙を強いられた壁かもしれないのだ。

その壁に、わたしは詩を書こう。
消されてもそこにあるとわかるように、
あなたが立っている目の前で。

わたしたちは詩を書こう。
何度も筆先を近づけて
壁に跳ね返る呼吸の熱を
頬に感じながら。
さあ！
わたしの言葉を
消してみてください。

パラレルワールドのようなもの

コロナタワー

揺れる柱を一本ずつ、そうっと抜き取って
空気の骨が見えるまで　見つめ続けてください。
「適切な距離については諦めて、快速電車に身をゆだねます」
あの〝宣言〟以降、やけにビルが目立ちます。
街から人が消えたのは、みんなが塔になったから。
すべての柱を引き抜かれても　倒れない次元を求めて。
けれど、いつか崩れゆく。背中越しに響きはじめている。
ころがってきた積み木の柱をひろいあげ、
わたしはただ　握りしめていた。
その骨が　空気のように　あたたかく溶けていくまで。

誰もいない街

誰もいない教室、誰もいない観客席、
誰もいない劇場、誰もいない卒業式、
誰もいない街で　きみは立ち尽くす。
見ていてくれる人がいたから、
きみはきみを演じ通すことができたのに。
役割を奪われたように　まぶたを閉ざす。

よるべないわたしたちは不安を手放せなくて
互いを遠ざけては　ぴったりと口を覆う。
この現実を手懐けてはいけない、と

瞳だけで　示し合わせた。
窓の向こう、夜が流れているのを肌に感じる。
身体ごと闇に溶け落ちて、
静けさがひとつの宇宙になるまでを待つ。

薄明のわたしは　きみの窓になろう。
きみの独りごとを聴く壁になろう。
きみの背中を抱く椅子になろう。
ドアになろう、きみがここを出るための。
誰もいない街で。
春となって　きみを照らそう。
きみの声を遠く運ぶ風になれたなら——。
まぶたは　光をさがすことをやめない。

誘蛾灯

薬局の前で力尽きていた蟬に
マスク姿のまま足を止める。
自動ドアから漏れる　かすかな冷気。
ビニールカーテンの波打つ光に
遠い春の緊急を思い出してしまいそう。

「誘蛾灯」が虫を殺す装置だなんて知りませんでした。だって灯りは、祝祭の証ですから。オリンピックの聖火とかフェスとかお盆とか、人は何かのしるしのように火を灯すものでしょう。
わたしたちがよく冷えたアイスコーヒーをテイクアウトするとき、コンビニの軒先で、バチバチと弾けたあの火花の音は？　羽をたずさえる彼らにも自由はゆるされない。そう知って世界がさらに恐ろしくなった。

ミュート解除、お願いできますか。
つめたくなった蟬のお腹からはもう
どのような宣言も聞こえてはこない。
ワイヤレスイヤホンの白いねじを
身体の部品のように抜き取れば、
鈴虫の鳴きかわす唄声によって
夏はもうすぐ解除されます。

顔色が悪いと叱責される事態宣言。
ファンデーションで肌を窒息させて
はじめて呼吸がゆるされる事態宣言。
光はまだ私を照らしているか？
この世界に影を刻印しているか？

街灯の橙色に誘い出されて
わたしはうっとりと歩きだす。
紙コップのコーヒーは強くにぎると
こぼれそうで　ただ指先を温めていた。

遠いくちづけ

落ち着いたら会いましょう。
心から告げた言葉が
嘘になってしまう悔しさに
通話中、唇を噛んだ。
同じ言葉、もう何度目になるだろうか。
落ち着く先が見えない不安と
いつ果たせるかわからない約束。
互いを遠ざけておくやさしさも、
あなたには　きっと伝わると信じて。

落ち葉を拾いあつめて漂い歩く。
うらさびしく渇いた心を
燃えたつ秋の色で満たそうとしながら。
風の采配によって、
わたしたちはここへ運ばれてきた。
心許ないみずからの運命を
吹き荒れる風にゆだねるほかなかったのだ。

今、どんな陰影や色合いで
この世界を描きだせるだろう？
せめて光射すきざしは逃さぬように。
この手に残された枯れ葉を壊さぬように。
両手だけの思い　やわらかく掬いとって。

落ち着いたらほんとうに……。
言い淀みながら、窓のそとを見やる。

木の枝は静かにうなずく。
「会わない」ことを選ぶわたしたちを
勇気づけるように、深々とうなずいた。
色づいた葉は、風に遠く送りだされて
あなたの窓に赤々と
生きたしるしを残す。

おやすみなさい

たった一枚の布切れでも
被れば、眠るしたくができる。
誰かの肩に布をかけてあげたら
それは「休んでいい」合図です。
そういうふうにできていた　わたしたちの暮らしを
テイクアウトしていったのは、だれ。
角張った黒いリュックが、車道の端を自転車ですり抜けていく。
布切れをあげます、手作りマスクの材料にどうぞ。
しかし　お顔全体を白い布で覆ってしまうと、
また違う意味の「眠り」へ誘われます。

注意してください。
これを書いているわたしは二〇二〇年六月にいます。
あなたも今すぐ日付を確かめてください。
中止になったゼミの同窓会や、
知りあう機会を永遠に失った未来の恋人たち。
いいえ、東京にアラートは鳴り響いていました。
けれど、止んだ今もそれが何か　わからないのです。
たぶん眠っていたんだと思います。

薄いブルーの空を仰ぐたび、
地球は青い惑星だと思い起こす。
この世界の内からも外からも
「ぼくら」は青と見つめあっている。
「ぼくら」は青に包まれ、眠る生きもの。

パラレルワールドのようなもの

新宿の雑居ビルの地下に
足踏みペダル式のアルコール噴霧器が
ひとりきりで佇んでいる。
地下の階段はひんやりと空気が冷たい。
こんな人気のない場所にも置かれているのか。
傷んだブーツのつま先でペダルを踏めば、
プシュウ……と勢いよく消毒液が噴射され、
長い余韻と共に、飛沫が床一面をしっとりと濡らした。
差しだしたはずの手が、足が、身体ごと消えていた。
心音もない奇妙な静寂に、私はただ濡れている床を見下ろした。

「消毒液」とは書いてあったが、

「私」が消えるとは、聞いてない。

いや、本当にそうだろうか。

人間を「毒」ではないと裏付けるものは？

私はとうに、やさしい毒だったのだ。

限りなく安堵して、その夜は久々によく眠れた。

マンションのドアを開けると、
一年前の「私」がいた。

タワー状に積み重なった本の陰から
「誰……？」と青白い顔を出す。

しばし見つめ合ったのち、一年前の「私」が切り出した。

「きょうは、まだ二〇二〇年？」

「二〇二一年、七月二十三日」

「よかった、三十歳になったんだね」

「いや、それどころじゃないよ」

「この一年何があったの？」

東京に？　あなた自身に？　何から話せばいいの。汗で張りついた不織布マスクの紐をかけ直す。あんたステイホームしすぎ、ワクチンできたの知ってる？　二回目打った？　私の問いかけに彼女は無表情で、床の一点をじっと見つめながら、「殺されるかもしれない」と語りはじめた。

殺されるって、誰に？　わかんない、けど存在が毒、だから家にいないと殺される。はあ、でも生きてるじゃん。こんな生活、生きてるって言えるの。はいはい、この通り生きてます、おめでとう。彼女は冗談も響かない様子で、唐突に「うるさい！」と叫び、ウウーと膝を抱えてうずくまった。もう嫌だ早く死にたい殺してくれ、と喚き散らしている。はた迷惑な女だ。これがもうひとりの自分の姿とは。

私は苛立ちながら「無理だよ。あなたを殺したら、私もいなくなっちゃうんだから」――。言い放った途端、病院のような匂いがツンと漂ってきた。アルコール消毒、雑居ビル、地下の階段、こんな柄のシャツを私は着てなかったか。消毒液を浴びたあの日から、この女は。私は。冷や汗が吹き出す。一気に力が抜け、膝から崩れ落ちた。

消えたはずだったのに。
消えていなかったのだ。

自宅で死ぬ。無観客で死ぬ。
女だからという理由で押し倒され、
「幸せそう」という理由で刺し殺される。
ひとりで死ね、と言われてしまうような
都合の悪い存在はすべて毒とみなされ、
「パラレルワールド」に送り込まれた。
進め。硬直した己の身体を蹴り飛ばせ。
自分でさえ奪うことをためらう「私」を
のうのうと殺されてたまるか。

手を出せば、ペダルを踏めば、消毒液が噴射される。検温器から鳴り響く音は、人々をかすかに緊張させる。街の各所に置かれた消毒液の中には、ウィルスだけではなく、人間ごと毒とみなして消すものがあるという。

だが完全消滅はできない。見えない場所に隠すための隔離装置なのだ。まるで鍵をかけると中が見えなくなる、透明な「おもてなし」トイレみたいに。

夕暮れどきの渋谷駅前では、「緊急事態宣言発令中　この夏を最後のステイホームに」と書かれた大型トラックが走る。「都民の皆さまへのお願いです」と男性の声が空虚に響き続けている。なにあれ無意味、とはしゃぐ一年前の「私」と共に道玄坂を上る。TOKYO 2020のロゴが等間隔に迫りくる。

また緊急事態宣言？　じゃあオリンピックは中止だよね？
東京は正気なのか。なおも尋ねる「私」の手を握り、言い聞かせた。
誰も正気じゃない。
正気であり続けることが
もはや狂気そのものだからだ。
「見せてあげるよ」

聖火も持たずに走り出した私たちを
何事かと振り返る往来の人々へ
感染している！　と叫べば、たちまち道が開く。

感染している！
感染している！
感染している！

ひとりで死ね！
巻き込むな！
無観客の喝采を浴びながら
私は私の手を強く引いて、
開会の赤い花火が噴き上がる
新国立競技場を目指した。
ひとりにしない。
誰も消させない。

消せるものなら
「消してみやがれ」
私はガラス張りの公衆トイレに駆け入り、
ためらうことなく、消毒ペダルを踏んだ。

未来の読者への覚書

「川崎殺傷「1人で死ねば」の声　事件や自殺誘うと懸念も」二〇一九年五月三十一日　朝日新聞デジタル

「東京五輪・パラ、「1年程度」の延期決定　「東京2020」の名称は維持」二〇二〇年三月二十四日　BBC JAPAN

「小池都知事が「東京アラート」の発動を宣言　レインボーブリッジと東京都庁が赤にライトアップされる」二〇二〇年六月二日　ANNニュース

「壁が透け透けの公衆トイレが渋谷に出現!?　鍵をかけると曇りガラスに…でも誤作動はないのか聞いた」二〇二〇年八月六日　FNNプライムオンライン

「「ワクチン接種がおもてなし」　橋本聖子五輪組織委会長」二〇二一年六月九日　毎日新聞

「東京都に4回目の緊急事態宣言　五輪期間すべてが宣言の時期に」二〇二一年七月九日　NHK NEWS WEB

「東京オリンピック開会式始まる　延期、無観客…異例づくしの大会に」二〇二一年七月二十三日　毎日新聞

「7月23日で30歳になりました」文月悠光｜Fuzuki Yumi @luna_yumi　二〇二一年七月二十四日 Twitter

「「特に1人暮らしの方は自宅を病床のような形で」都内の新規感染者数過去最多で小

池知事〈新型コロナ〉」二〇二一年七月二十八日　東京新聞 TOKYO Web
「新型コロナ　東京の自宅療養者が1か月前の5倍に　全国で1万人超」二〇二一年七月二十八日　NHK NEWS WEB
「IOC広報部長「五輪はパラレルワールド。われわれから広げていない」　新型コロナ感染者数過去最多に」二〇二一年七月二十九日　東京新聞 TOKYO Web
「東京と五輪は「パラレルワールドのようなもの」　都内コロナ感染、過去最多更新3865人もIOCは関連否定」二〇二一年七月二十九日　中日スポーツ
「小田急線車内で10人重軽傷　36歳の男を殺人未遂容疑で逮捕「幸せそうな女性を殺してやりたいと思った」、床にサラダ油まく」二〇二一年八月七日　東京新聞 TOKYO Web
「自宅で死亡した新型コロナ感染者　半年間で84人」二〇二一年八月三日　NHK NEWS WEB
「自宅療養中の死者数、厚労省「把握していない」」二〇二一年八月十日　朝日新聞デジタル
「「俺、コロナ」叫んで営業妨害容疑　49歳男を逮捕」二〇二〇年三月二十六日　朝日新聞デジタル

＊当時のニュースサイトの記事やTwitterをもとに作成。その後閲覧不能となったものを一部含みます。

青虫の唄

一日の労働を洗い落として
あすに触れてもらうための肌になる。
「触れさせていい」とゆるしたのは
わたし自身のはずなのに、まだどこか怖い。
いっそ消させぬように、
鋭く刻みつけられたなら。

生命体

通過する横顔に刻印されている
わたしたちの履歴書。
改札口を抜けるたび
高らかに電子音が鳴り響く。
この街と目を合わせながら、
どこまで軽くなれるのだろう。
今は　わたしという根を引き抜き、
空洞化させる作業に熱中しています。

臍にぶらさがる、

赤茶けた紐を切り落とせば
風船のごとく放たれるかに思われた。
けれど本当は、どこにも行けない。
今までもこれからも
血を流すこと以上に
尽くせる仕事はないだろう。
都市の血管を素早くすり抜け、
わたしは一日を巡らせていく。

言葉によって隔ててきたものを
抱きとめて土に返す。
吸収と再生を繰り返しながら
愛は呼吸する生命体なので、
見守るだけの余白から
動かそうとするほどに
見違えてかがやく。

（お疲れさま）
吊り革の位置に忠実に立てたことは、
汗ばむ背中に押し出されるよりは
少なくとも救いで。
その安堵だけで目を閉じてしまう。
引き連れてきた影は
無数の糸へほどかれて
まぶたの裏を縫いはじめる。
褒められたぼくたちの
ゆくえを先走って渡る交差点で
その生命体は急がない。
だから　ひとたび振り返って
「わたしも呼吸を運んでいます」と
誰かの左肩を呼びとめたくなるのです。

うたたね

トントントントン

「眠らないでください」
髪をひとつ結びにした司書の女性が
キツツキのようにわたしを起こす。
痩せた指で矢継ぎ早に突く、白い机。
眼鏡の奥の表情は読み取れず、
爪の響きが耳を離れなかった。

授業中に立たされた生徒のように

バツの悪い思いで図書館をあとにする。
わたしは家では眠れない。
スマホの機内モードを解除した途端、
着信履歴が何匹も画面に浮上し、手の中で唸る。
その羽音の響きがかろうじて
わたしを〝お荷物〟であることから救ってくれる。
この国で働くことは宗教だから。

トントントントン

もし肩に触れてくれたなら、何か違っていたのに。そのように
わたしの身体を扱う人はいないし、期待してもいけないのだけ
れど、とにかく〝爪トン〟はやりきれない。はずむように肩を
叩かれたなら、覚醒と同時に見ている世界ごと、わたし生まれ
かわるのだ。

ビルの窓にうつろう横顔たちよ
傷口についいて語り明かそう。
まるで水槽越しに魚を呼びよせるように
閉鎖された自動ドアを爪で引っかいてみる。
「眠らないでください」
振り向いた魚たちは一様に顔色が悪い。
一睡もできず身を引きずって歩いた十一月、
夜明けだけは　せめて「うつくしい」と思い込んだ。
夜明けだけは　うつくしいと。

隣室から響く壁の音は心音に似る。
どん、という鈍い雨に打たれつづけて
わたしがトラックメイカーなら
〝壁ドン〟を採取してループさせて
鼓動のビートを刻むところだ。
それは砂漠のように渇いた、ひどく愛おしい唄。

見知らぬ隣人の心音に抱かれて、
わたしは眠りをたぐり寄せていく。
上下する胸は不規則にふくらんで
酸素を求めるたび、羽根枕を握りつぶした。

街を飾るネオンが消えると
空は白みはじめて、世界は砂漠になる。
愛が埋もれては風化してく夜明け、
ひかり降り刺さる砂漠で
水を求める朝帰りの戦士たち。
やりすぎても、花は傷むから優しさは無情。
わたしは無心に水をやろう。あふれるまでやろう。
この街を飲んで咲く花になる。
孤独さえも誇るように。

トントントントン

「眠らないでください」
わたしを夢から起こす声が聞こえる。
幾重もの花びらをむしり取り、
わたし自身を見つけだそうとする手が迫る。
その爪をもっと立てて。
途方もなく傷つきながら、
わたしは　このうたたねを演じ切ってみせよう。
世界に二度と　連れもどされないために。

青虫の唄

人に揉まれて人になる。
見えない場所に身体をしまう。
みんな鍵をかけるよ。
互いに鍵をかけ合えば、
人からぴったり閉ざされて
誰もがすこやかな幼虫となる。

マンションの白い廊下を伝い歩いて
等間隔に並んだ繭の小部屋を数え上げる。
白い壁で仕切られた一室の繭は

やわらかい暮らしの幼虫を包んでいる。
（鍵ひとつ貸し出されて、沈黙するこの地帯。
営みの脆さについて口を開く者はいなかった）

胃をあたためるため、
鍋ごと抱えてすすりこむ。
月見うどんの長く、切れぬことよ。
ステンレスの鍋底に震えが走り、
これが夜明けのまぶしさと知る。
明け方、喉の渇いた人たちが順々に訪れて
とびらの前に立ち尽くす。
彼らは表札を覗き、
何ごとか声を吹き込んでいく。
「それはわたしの耳ではない」と
告げてやってもよいのだが。
わたしはあいにく羽化の真っ最中。

名もない未成熟な生きものとして
せめて詩を書くだろう。

洗面台の角の小さなひび割れの跡。
この部屋には、かつて別の人間が暮らしていた。
(その事実に鍵をかけ、)
わたしの住みかは、誰かが選ばなかった場所であり、
(ふたつ目の鍵をかけ、)
されば己の領域を守れる者が強いのだ。
夕暮れどき、いち早く明かりを灯すのは
隣のマンションの五階。
レースカーテンの奥に
橙色の光がぽうっと透ける。
その明かりに応えるように、
わたしも蛍光灯のスイッチに触れて
奇しくも合図を送ってしまう。

椅子に腰かけたままのけぞって、
部屋干しのシャツを手で扇ぐ。
このワンルームの繭の中、
今はハンガーに掛かっているこれを
明日わたしが着る、と思う。
空っぽの袖口を見上げながら、
酸素を求める金魚のように唄っていた。
声よ、繭の壁を突き抜けて
届いてくれ。
届かないでくれ。

もはや青虫ではいられなかった。
傷まみれの鍵は、出入りする度
わたしの手の中で変形していった。
繭を明け渡す日も近いのか。

それがわたしの耳ならば、
ただみっしりと
誰かの声で満たすのに。

発光する町

駅のプラットホームは船着き場となる。
電車は岸辺に吸い寄せられて、
降りる人、乗り込む人が
一斉に交差して入れ替わる。
チャイムの鳴り響くあいだに
せきを切ってあふれだし、
夕日を帯びて舞台から捌《は》けていく。
望まれた通りに動きなさい。
これは一つの遊戯なのだから。

駅にわたしはいなかった。
白線を越えることなく、
駅前の賃貸マンションの外階段で
ホームの人混みを眺めている。
わたし、ここにいるのに、ここにいない。
去られた者でもあり、
すでに去った者でもある。

動き出す電車の窓明かりが
線路沿いのアパートの壁に連なり、
フィルムのように映写されていく。
隣に立ち並ぶ雑居ビルへと移ろい、
色あせた壁を次々に照らした。
明かりには、乗客の影も腰掛けている。
彼らは知らずに運ばれて、

町のいびつなシアターに
光がひと続き、蛇のように走っていく。

階下から立ちのぼる、キャベツを煮る醬油の匂い。
駐輪場では、帰路に着く人が鍵という鍵を外し、
チェーンの回る、舌打ちのような声を交わす。
タイヤの輪よ、環状線に敷かれたレールよ、
ほどけて、己のすみかへ漕ぎ出してごらん。
身体から息を深く抜き取って
尾の長い生きもののように愛でてやりたい。

耳もとでピキン、と電球が鳴いて
見上げた雲の海は藍色。

さざめく波を目のふちに溜めた。

「迎えにいくよ」

口々に声がした。

鉄路が月に白く照りかえし、
光は果てしなく東西に伸び続けた。
流線を辿れば星になれるのか。
満ちていく月の下で
町は人を焚き上げ、
あたたかく発光していた。
その明かりに手をかざすため、
わたしは最上階へ
「いない」場所まで
確かにのぼってきたのだ。

わたしが透明じゃなくなる日

あなたのいた席に腰かけて、
「わたし」を見つめ返すとき
「わたし」は何を語るのだろう。
怯えて目を泳がせる彼女に
あっさりと幻滅したい。
何度呆れ、諦めても
わたしはわたしの密度を失わないと
信じてみようか。

わたしが透明じゃなくなる日

「いい匂いだね。何かつけてる？」

自分が香りを発していたこと、まとっていること、それが価値になること。知らなかった、と言えば嘘になる。わたしにとってそれは単なる習慣だった。石鹸、柔軟剤、化粧品にヘアトリートメント。匂いは身体に染み込んで、体温と共に浮上してくる。そんな平凡で無害な香りが、誰かを安心させ、喜ばせる。「どうしてこんなにいい匂いなの？」。ささやき声と共に、硬い胸に押し付けられた顔がさらにぎゅう、と潰れた。その気になれば、首の骨なんて簡単に折られるだろうな。男の脇汗の匂いが鼻をつき、わたしはそれとなく顔の位置をずらした。この身体から漂うものが疲労ではないことに安堵した。そして、ここにいないあなたのことを思い出していた。

気の毒にね。
この身体も、そう遠くないうちに
あとかたもなく　若さを失う。
透き通るような肌は疲労にくすんで、
なけなしの賛美を裏切っていく。
そのとき、あなたの傷ついた顔を見るのがとても楽しみ。

エレベーターの中、男はわたしを見下ろし、思い出したように指をさした。

「そのパッツンは年相応に変えたりするの?」

指摘されたのは初めてじゃない。だが、重い前髪は年相応じゃないだの、額を見せた方がいいだの、とやかく言われる筋合いがあるのか？　彼は知るはずもない。愚鈍で野暮ったい、泣きそうになる額の狭さ。それを前髪で覆い隠し、精神をガードしているのだ。別れて歩き出した途端、右耳のピアスがすこん、とパチンコ玉のように夜の排水溝の隙間に落ちていった。当時流行していた、ドライフラワーを透明なレジンで固めたピアスだった。

（いい匂いの身体に生まれてよかったです）
性的価値があるべき　消費されるべき　自衛すべき
　　諦めるべき　服従すべき　庇護されるべき存在。
それと引き換えに得ているものは何か、
じっくりと疑ってみなければならない。
身体に染み込んだ匂いのように、
わたしから「疑い」を消すことができない。

だからなのか、友人たちは
わたしの位置を決めかねているようだった。
あなたも楽しんだのだからいいじゃない、とたしなめられて
傷ついた被害者のような顔で生きていた時間をわたしは恥じた。
それって自傷行為じゃない？　と言われれば、首をかしげた。
わたしの身体は傷一つなく、透明な熱のゆりかごに守られていた。
透明な熱のゆりかごに固まったわたしの姿は、

都合よく見えたり、見えなくなったりする。
ゆりかごのわたしの声は届かないのか、
ぼんやりとなかったことにされた。

絶対的な被害というものは存在するのだろうか？
自分が何らかの加害行為を受けたのだとしたら、
それはいつ始まっていたのだろう？
テーブルの下で腰に手を回されたときだろうか。
閉店した二軒目を出たときだろうか。
あなたについて横断歩道を渡った先が
リゾート風ホテルの入口だったときか。
それとも、もっと前から？
あなたがわたしに近づいてきたときから？
二人きりになった責任は？
逃げ出さなかった責任は？
シャツのボタンを開けていた責任は？

同意と見なされる振る舞いの数々が
写真のようにくっきりと見えるのは、
あの日から何度も思い返した証拠だろう。

わたしが場の雰囲気をはぐらかすと、
あなたは傷ついた顔をする。
見開いた目で「素直になった方がいい」と説く。
狡い女たちに利用されてうんざりだと言う。
それは　あなたの誇りを
わたしが傷つけたからだろう。
告発することはできるだろうか、
あなたを傷つけたのは、わたしであることを。
価値を損なうのはきみの方だから
相手が僕であることは言わないでいた方が賢い、と
あなたは遠回しにアドバイスする。
ならば、わたしの罪を

告発できますか？

滑らかな肌も　首筋の匂いも　前髪さえも
あなたには何一つあげられないのだ。
どんな言葉で貶めようとも、
あなたには変えることができない。
でも、わたしはわたしの意思一つで
いつでも　これを失うことができる。
腹立たしい。
どうして　そんな匂いを漂わせるのだろう。
どうして　そんなに弱そうに振る舞うのだろう。
わたしが弱いふりをするせいで
あなたが悪者にされて
ほんとうに　かわいそうだ。

電車は地下に潜る間際、
雑木林の真横を駆け抜けていく。
車内にせわしなく光と影が交錯する。
もうじき、自衛隊の駐屯地近く。
制服のスカートが膝に揺れている。
抜け切れない絶望を何度通っても
光を見つけてしまうから、
抜けては潜る、その繰り返し。
暗くなる窓は、切り揃えた前髪を映す。
十六歳からずっと　ここへ運ばれるために、
わたしはわたしを見てきたのだろうか。
「すべてを覚えている」と歌いながら、
光を投げかけていたのだろうか。

髪型にも流行というものがあって
女の子たちの間で、シースルーバングと呼ばれる

薄い前髪がすっかり定番になった頃、
わたしは試しに鏡の前に立つ。
ピアスを落とした日から三年が過ぎた。
一生手に入らないと思った軽やかな額は、
分け目を変えるだけで、簡単に作ることができた。
女の子たちの知恵は確かだった。
（いい匂いじゃなくてもいい）
（この身体に生まれてよかった、といつか思えるのなら）

わたしが透明じゃなくなる日、
わたしは　平凡ではないわたしの香りを知っていた。

木を蹴る男

I

ワイドショーのコメンテーターを務めるその人は、
視力検査にぴったりだった。
シャツとネクタイの色の反発が
日に日にひどくなって、女友達いわく
「縦揺れして見える」とのことだった。

時折、夢想する。
もし自分に男性器があったら？
生まれつき「あるもの」と

「ないもの」が意味づけられる世界でわたしは「ない」ことだけを教わった。だから意志に関わらず、むくりと起立する男性器という存在が不思議なのだ。
ねえ、どう思う？　と尋ねると、コメンテーターの男は床に寝そべったまま、「やめて、きもちわるい」と素っ気なく返した。あなたの身体についたものの話をしているのにきもちわるい、って。

この頃のわたしは、勝手に膝が脱力して、床に崩れ落ちる謎の発作を繰り返した。台所までの短い距離を歩くことさえままならない。彼はランニング用のTシャツが見つからないことに苛立ち、唸りながら歩き回る。なぜ汚れた皿がそのままなのか、本当にストレスだ、とうわずった声で叫び、「つらいよ！」とタオルを床に叩きつけた。やばい。目を見開く。あなたは成人男性で、公園へランニングに行く体力もあるのに。それってやばい。

「僕はずっと　きみに大きい声出さないように努力してた！

怒りをぶつけないように抑え込んでた！」

張り裂けそうな声で絶叫している彼に困惑する。

大きい声を出さないこと、それは努力？

頑張ったね、と認めるべきなの？

「それはごめん、受け容れられないかも」と答え、ばれないように玄関の方へ後退りする。なんで？　僕を暴力男に仕立て上げたいのか、と彼は言い募り、「八方塞がりだよ！」と声を震わせ、激昂した。はっぽうふさがり、はははははっぽうふさがががが……Happpppp……gggggg……。叫びながら、彼はやはり縦揺れしている。そういう特殊体質なのか。Haぽぽぽぽ、Haぷ Haぷ Haぷぷぷ……pgpgpgpgpgpgpg……。目がチカチカして、彼に焦点が合わない。彼は今にも紙芝居みたいに剝がれて、空へ飛んでいってしまいそうだ。

II

その日は、彼の三十八歳の誕生日だった。どんなプランなの？　と公園のベンチで尋ねられ、わたしは言い淀む。一体どこになら行ける？　例の脱力発作のせいで遠出は無理、人混みにいると動悸が止まらなくなる。コロナ禍でレストランはすでに店じまい。考え込むわたしに彼はしびれを切らし、逆上した。「なんで前向きな結論が出せないの？　なんで『今は難しいけど、いつか行けるといいね』って言えないの？」。なるほど失敗した、そう言えばよかった。彼はいつも謎かけのようなことを言い、わたしは答えを間違える。

「もう無理、別れる」と彼はわたしの手を振り払い、その勢いで目の前にあった木の根元を蹴り上げた。木はびくともしない。くそ！　と彼は吐き捨て、続けざまに非難の言葉を発したが、わたしにはもう聞こえなかった。ただ唖然としていた。わたしを蹴る代わりに、木を蹴った。木を。眼球にギュッと血が集まるのを感じた。

ゆるせない。
あの木に罪はなかった。
あの木の痛みは、
わたしが引き受けるべきだった。
木を蹴る男だ。
わたしは泣きながら半狂乱で公園を走り出た。
その瞬間、我に返った。
彼はなぜか追ってこない。
狐か何かに化かされた心地がした。

「コロナ禍の外出自粛の影響で、家庭内DVやモラハラ、虐待が増えているということなんですが、
○○さん、どう思われますか?」
僕も被害に遭った知人を助けたことがあって――。
縦揺れして見える。

画面内の揺れはどんどん激しくなり、
視聴するこちら側にもガタガタと伝わってくる。
慌ててテレビを押さえるが、
西日の入るアパートの床は
メリメリと崩れ落ちていくのだ。

街中の女が立ち上がり、
太い根を持つ「木」になっていく。
木の根は、ビルのガラス窓を突き破り、
木を蹴る男をずるずると飲み込んでいく。
土を舞い上げ、砂を吐きだし、アスファルトを叩き割る。
女たちの群れが「どう思われますか？」
「コメントしてください！」と叫びながら、
閉ざされた扉をぶち抜き、家という家を突破していく。
追従する女たちも負けじと屋根を吹っ飛ばし、表札を砕く。
「なんか暑くない？」「喉が渇いたわ」「わたしも」と

スタバになだれ込み、色とりどりのフラペチーノを強奪する。
国会議事堂の入口の柱に、女たちはぎゅうぎゅうと挟まり、
「産めないのか」とヤジを飛ばす政治家の真横に
手裏剣のごとく素早く小枝を刺した。
東の電車に痴漢する男がいれば、
線路に大の字になってそびえ立つ。
西に女を狙ってぶつかる男がいれば、
密林の壁をつくり、崖の彼方へ直進させる。
作戦が成功するたび、
女たちは手を打って喝采した。

翌日、公園に木の様子を偵察しに行った。
蹴られたはずの木の根に触れても、
頭上から穏やかな葉音がするだけだ。
木漏れ陽に包まれていると、
やはり何かに化かされたように思うのだ。

男性器の話も　立てなくなる発作も
木を蹴る男も　縦揺れも　女たちの暴動も。
あれは本当にあったことなのだろうか？
まるで民話みたいじゃないか？
テレビ局のスタジオをあっさりと去って
それっきりの創作民話。

紙芝居屋のわたしは
子どもたちに飴を配る。
「創作民話『木を蹴る男』！
木を蹴る男の話だよ！　傑作だよ！」
飴を舐めながら、わたしは
カメラのある方向を振り返り、
にやりと笑う。
生き延びた証として
まざまざと語り継ぐのだ。

地中深く埋まった木の根が
ズルリと地面を這い出し、
次の街を目指しはじめる。

＊桜庭一樹さんの小説『少女を埋める』より一部、着想を得ています。

波音はどこから

この地の傷口をいたわるように
風はなぞる。
そこに刻まれた
土地の履歴をたどっていく。
その書き出しは、わたしの名前。

傷

それは　ささいな一瞬に過ぎない。
だから、わたしたちは大抵生き延びる。
傷とともに　生き延びるほかないのだ。
「痛み」という踊り場で　じっと
立ち止まってみる勇気もなく、
階段を駆け上っては　迷い降りてきて
せわしなく人生をやり過ごす。
すれ違う横顔も、見ないふりをして。

よりよく生きようと　願うことは、

ときにわたしを苦しくさせる。
だれの記憶からも消えたい朝も
人知れず変化のときを迎えている、と言い聞かせて。
いっそすべて忘れたような顔をして
物語の傍観者であれたなら。
それでも　わたしの人生から
「わたし」という傷を
消し去ることはできないのだ。

ファイターレッド

脱いだ記憶のない服に囲まれて目覚める。
肩にかけたシャツの襟を寄せると、
爪の中まで侵食している赤色。
慌てて汚れたシーツを引き剝がし、
洗面所に立てば、未完成な道化が鏡に映る。
アイラインが右頬まで醜く薄墨色によれて
彗星のように尾を引いていた。
夜の魔法から放たれると、
底辺みたいな朝の光に刺される。
誰と分け合えれば、慰めになるだろう。

女の子が人知れず通過する一日。

「でもよかった。こういうときに怒り狂う女性っていますよね」

あからさまに安堵した男の表情。怒られなくてよかった？　てめーは小学生か。私は一瞥して「余計な感情は自分の中で処理するので。相手にぶつけたりはしないです」と絞り出した。怒鳴りもしない、泣き叫びもしない。自分は男に都合のいい、わきまえた反応ができる。その他大勢の「面倒で可哀想な女」じゃない。なけなしの優越感。美容院で巻いた髪が頰にしきりに触れてくる。ジョッキを握った手に雫がまとわりつく――。ここでいつも記憶の目を閉じたくなる。けれど、その光景をじっくりと炙り出すように、私は過去の自分を見下ろした。

私はすばらしい処刑人。

誰かのためなら、たやすく心を殺せてしまう。

こんなことで傷つくなんて、と己を指して嘲笑う。

怒りで身を滅ぼすほどの勇気もない。

こんな自分が口にする言葉を私は信じていない。
だから、あなたに「信じろ」と言えない。
しかし殺処分したはずの感情は
なかったことにはできないようで、
いつしか玄関に帰り着くたび、うずくまって叫んだ。
咆哮せよ。
ヒールの靴を投げるように転がして。
腹の底から突き上げてくるこの声こそが
唯一、信じられる私だったのだ。

お湯で洗うと血の染みは落ちにくくなる。良くないと知りながらも、蛇口の水が温かくなるまで待つのは、せめて身体にやさしくしたいと願っているから。うつむいて冷水を素手に浴びせると、夜毎ひっそりと「処理」してきた女たちの背中が思い浮かび、シーツをかき抱いてしまうから。

バケツの湯にシーツを沈めながら、

信じて、とかすれた声が漏れた。
母は私に白い服を選ばせなかった。
ショーウィンドウに飾られた、
真っ白なコートを見つけるだけで怖かった。
それでも汚すことを恐れない女の子たちが
負けじと白を羽織って
ネオンよりも眩しく、街に点々と散っていった。
私はすばらしい処刑人。
翅をぎゅっとつかまれた蝶。
飛べなくなった秋、脱ぎ捨てた服に埋もれて
白いコートを選べるようになることを夢見ていた。

濡れたような涙袋はドラッグストアの化粧品で買える。
離れた売り場の奥にひっそりと並ぶ、
夜の顔と昼の顔。
まぶたも頬も髪の毛も指先も、

真っ赤に染め上げて、味方につけた。
かつて男の所持品だったそれらを
鏡の中で取り戻していった。

水面に広がっていく赤色の膜は、
薔薇のように幾重にも層を重ねていく。
「今」に大きく瞳が開きはじめた。
気高く燃えているのは、
恋でもなく　怒りでもなく
私のからだから流れ出ていく血の色だった。

見えない傷口のために

「勝手に良くなったと判断しないで。
一見治ったように見えても、
皮膚の奥では治りきっていませんから」
医師の言葉に、思わず自分の手のひらを見た。
手湿疹でささくれまみれになっては、
つるんと指輪をかむってみせる中指。
わたしは油断して塗り薬をすぐ置き去りにする。
どうせ我慢できずに掻きむしるのだから、
またいちから薬を塗り直せばいいと。
浅はかな認識を見透かされたようで、

カサカサの右手を左手の下にカサコソ隠す。
薬を塗る指と、塗られている指。
夜半掻きむしる指と、掻きむしられる指。
手のひらよ　きみは一体どうしたい？

ひとの言葉が刃であるのなら、
唇はあらかじめ備わった傷口だろう。
あなたへの伝わらなさに苛立つとき
噛みしめて思う　唇は傷口であると。
言葉を発するほどに、傷は深く重くなる。
誰もが持つ無防備な傷口のために
政府から四角い包帯が配られる。
それでも、わたしの存在を「わたし」だけに
閉ざしておくことはできないのだ。

悲しみをほどいても、心は埋まらない。
「満たされる」とは
自分を最高の相棒にすることだ。
この身体を留めつづけるために
響くような怒りと傷が必要だ。
わたしをわたしたらしめる傷を
わたしは愛する。

傷は少しずつ癒えていく、
波紋がなだめられていくように。
心は　ふるえる水面。
ひとたび石を投げ込まれたら乱れてしまう。
けれど枯れない泉のおかげで、
わたしは水平線を抱くことができる。
たとえ癒えない傷も　安らぐように。

だから、どんなに乱されても
心の水を抜かないでください。
つたない感情を恥じなければ、
傷はやがて癒えていく。
手のひらを見つめて
奥の奥まで問いかける。
新たにふさがった傷口は
何かの証のように光りはじめる。
光が傷を飲みこんで
今ようやく言葉となった。

波音はどこから

意識が海ならば、身体は舟。
小舟に積まれる石は　日に日にあふれ、
存在よりも、はるかに重くなっていた。
海の底へ荷物を沈めようとするたび、
荒波に押し返されて　はたと気がつく。
この舟を降りることはできない。
女体を放棄できない。
私の了解し得ないものが、
私の奥でひそかに巣食う。

小綺麗な待合室で、淡いピンク色のパンフレットを手渡された。「三十歳を過ぎたら、超音波検査とマンモグラフィ併せて受けることをお勧めします」。問診票に記入した「二十九歳十ヶ月」は、おおよそ三十歳にカウントしてよいだろう。

検査着の紐の結び方を気にしつつ、看護師の怒濤の説明を受ける。話の速度に追いつけなくて「マンモは初めてなんです」と漏らせば、「だから今説明してる次第です」と貼りついた笑みでぴしゃりと返される。「力抜きましょうね」。彼女は背後にぴったりとついて、私の脇からわずかな肉を胸に寄せながら、耳元で告げた。

「痛いでしょうけど、勝手に動かないで」

子宮頸がん検査を受けに行った二年前、検査室に鎮座する椅子を見て冷や汗が出た。あまりに堂々と置かれていたので、有無を言わさぬ雰囲気に飲まれて「これが初めて」とは言えなかった。正直、座ること自体が一種の拷問に思えた。この椅子が前時代的なのか、検査の場でこれを恥じる自分の感覚が前時代的なのか。混乱しながら、椅子が要請する姿勢に身をあずけた。

途端に、ヒヤリと冷たい金属のようなものをねじ込まれる。予告のない痛みと異物の侵入を、身体は全力で拒み、押し返した。「力を抜いてください」「力を抜いて」「まだ力が」。指示が機械的に繰り返される。患者番号と名前を照合され、扉から扉へ検査は滞りなく進む。疼く身体で歩いた総合病院の長い廊下。子宮の出口はどこですか。痛みを無視されること。それは私の性別とどう関係しているの。

診察室では、マンモグラフィの結果が白黒のレントゲン写真で貼り出された。左右対称で並ぶその横顔は、互いにそっぽを向き、どちらも「人体の一部です」という白々しい顔をしている。

「いたって正常。問題ありません」と男性医師。並行二重の目つきが鋭い。なるほど。検査中の乳房《ちぶさ》は、性的な対象にならない。小さすぎるとか、大きすぎるとか、離れてるとか、色がどうとか、ここでは問題にならない。ならば恥じらうこともない。

「比較として、がん患者のレントゲンを見せます」
死んで腐敗した細胞が点々と集まる様子は、雪の結晶あるいは、しぼんだ綿菓子に見えた。発見が遅れると、二週間ほどで瞬く間に成長する。よって自ら乳を触って、しこりができていないか確かめることが大事、と医師は説く。

「簡単です。ハンバーグこねたことあるね?」
ハンバーグ、と拍子抜けしつつも
指示通り、検査台の上で仰向けに横たわる。
彼は私の手首をとり、触診を手ほどきした。
乳房を両手ではさみ、横長に潰しながら
スライドさせる。指に柔らかな反発を感じる。
「ハンバーグこねるときってこんなもんでしょ?
力込めないでしょ?」
思わぬ力説ぶりに、くすりと笑う。

ジュージューと肉汁が音を立てる検査台で私は裏も表もくまなく焼かれていく。

レシピは仕上げに入る。胸部にぬるいゼリーをさっと塗られ、超音波端末機の白いコードを伝って、内部の情報が頭上のモニターに映し出された。ぬるぬるとした動きに連動して、映像はよどみなく移動する。機械と身体が繋がっているかのような生々しさに息を飲む。

「乳腺が途切れていると、腫瘍が疑われるんだけど……」

私は驚いてモニターを凝視した。
白い腺が切れ目なく、幾重も折り重なって
脈々とこの胸の内部をとりまいていた。
それは　雪を被った山脈が連なる姿、
樹木の年輪にも、
寄せてくる波のようにも――
そして　くっきりとした海になった。

私は舟からは見えないはずの、
海の底を初めて覗いた。

波音はどこから響いてくるのか。
いまも息づくこの命のため、
生まれてくる子もいないのに
白い波を途切れさせずに、
乳房は私を守ってきた。

かつて心もとない膨らみを抱いて、
揺れる水面を見下ろしていた夏。
少女たちが腕を組んでつくる波音が
すぐ近くで、にぎやかに鳴り響いていた。
軽々と飛び込んで、その輪に加わりたかった。
ほんとうは舟でもなく、海でもなく
一体となって漂い、ひとり辿りついた。

誰と手を繋ぐこともなくなった私にも
ふたつの波は絶え間なく、
この両胸へ寄せつづけた。

救わない

痛みという踊り場で

痛みという踊り場で
私は安全装置になって
あなたが降りてくるのを待つ。

階段の上り下りがやめられなかった。
十一歳の冬のことだ。
授業の合間に、用もなく教室を出て
校舎の三階まで上っては一階へ下り、また同じ階段を上る。
密やかな達成に、私はやみつきになった。

それは　どこに辿り着くこともない、
「自分」で在り続けるための儀式だった。
ひとたびやめたら、春の雪解けのように
積み重ねてきたものが崩れてしまう。
儀式の効果を持続させるため、
少しの食事と空腹で夜までを過ごした。
自分を完全にコントロールできている。
そう確信し、ひどく心地がよかった。

行きつ戻りつするこの運動には、階段を上った先には「下りる」、下りた先には「上る」というミッションが待ち受け、突き動かされる。次第に酔ったような感覚と速度に支配される。つま先に意識が集中し、無用な考えは削がれていく。
高波を一息で駆け上がり、
私は果敢に舟を漕ぐ。

舟を漕ぎ続けた私の身体は骨張って、あちこちに痣が開花した。教室の木の椅子は痛くてまともに座っていられず、こっそりと腰を浮かせ、授業中をやり過ごした。クラスメイトが駆け出す中、階段の途中でどうしても足が止まる。息を整える背中に、赤いランドセルがやけに重くのしかかる。
いつしか儀式は、この身体を縛る呪いになっていた。

与えられたものを拒んで、
喘ぐような呼吸を繰り返した。
あの冬に私はすっかり老いてしまった。
あれから月日と共にまとった脂肪も、
大人になることを先延ばしにした自分自身も、
未だにどこか借りもののようだ。
抜け出せた、と思っていたけれど
私は今もあの階段に閉じ込められたまま、
世界をゆるすことができないでいる。

「痛みという踊り場で止まっている」
その言葉が長く気にかかっていた。
なぜ踊り場を去れずにいるのか。
あの頃、階段の踊り場で自分をキャッチしてくれる、
ストッパーのような存在が必要だったはず。
その存在に成り代わる安全装置として
私は今も踊り場に立っているのだ。
幼い自分を受け止めて、
彼女が生きる世界を変えるために。

老いた少女は、自分が食べられるものを注意深く選んで、
おそるおそる口にしはじめた。
本当に少しずつ、何年もかけて、
意固地なルールを解いていった。
「食べてもいいもの、食べられるもの」を選ぶことは、
外界をゆるし、受け入れることだった。

終わりの見えない「儀式」の出口を探していた。
階段を上り終えた後、ゆっくり振り返ってみたら？
階段を駆け下りて、そのまま外に飛び出したなら？

手が生み出す仕草を繰り返す。
言葉はプランクトンのように
空間を点滅しながら流れていく。
私の存在だけがそこに留まる。
たゆみない静かな心でその光景を眺めた。
たとえノイズに翻弄される人生でも、
踊るように生きられる気がした。

赤ん坊が抱く全能感にあこがれる。
そこに一歩でも近づけるかどうか。
この手が詩を書き連ねるうちに
私は何度か死んで　眠ってしまって

ゆうに百年の時が過ぎたようだった。

踊り場に佇んでいたら、
あなたが階段を下りてくるかもしれない。
そうか　もう受け止めなくていい、
安全装置にならなくていい。
あなたは、私より
ほんの少し先の未来を知っていて
一緒に歩いてみない？　と
私にかかとを合わせてくる。

つまらないこと

心臓はなぜ　自分の意志で
止めることができないのだろう。
止まらないことも心臓の持つ別個の意志なのか。
目に見えてあらわれる手足よりも
わたしの大切なもの、
傷ついてはならない一つの意志は、
見えない　からだの内部にある。

自分の世話を放棄することには
独特の快楽がある。

身なりのことは気にかけず、
夜ごと机にかじりついて
食事はほんの少しのお湯でいい。
くたくたの雑巾みたいになるまで働いて
倒れるように寝落ちする。
目の前のことで頭がいっぱいで
はち切れそうな　綱渡りの毎日。
つまらないことはすべて切り捨てていく。
そんな使い捨ての生活を選んだのはわたしだが、
それを「仕方ない」と思わせる、
世間の圧力も確かに影響している。

自分をいたわる、ということが
長いこと　わからなかった。
過去の傷口を塞ぐのに一生懸命で
立ち上がる気力すらなかったのだ。

まだ足りない、と際限なく削られていく。
求められれば求められるだけ
誰かの声に従わなくてはならない。
そのとき、自分の声は聞かなかった。

生活をしなくては。
鍋を火にかけないと温まらない思想があって
洗濯物を抱え上げたとき実感する、
信念の重みがあるから。
生活をしなくては。
湯船へひとつひとつ解放していく日々の澱。
栓を抜いて、すっきりと洗い流したあとには
今までにないやり方でからだを動かしてみよう。
自分自身にくつろいでもらうために。

生活に関して素人のわたしは

まず臆せずに、試してみることにした。
今はぎこちないが、そのうち様になるだろう。
できないことを嘆くのもやめにした。
「仕方ない」に浸らずに、
のびのびと抗っていきたい。

心臓はなぜ　自分の意志で
止めることができないのだろう。

わたしたちの意志はそれだけ弱いのだ。
もし心臓を一瞬で止められたなら、
わたしは簡単に生を投げ出すだろう。
けれど、生活を立て直すには
じっくりと刻み続ける必要がある。
やり直しと反省がわたしたちを生かす。

若さの中にいて若さに気づかない。
そのように今を盲信する、わたしたちの鼓動よ。
人生を「自ら動かせること」と、
「動かせないこと」に切り分けて
わたしに知らしめて。
止まらない生活に
自らの意志を行き渡らせる。

あなたの「つまらないこと」を教えて。
当たり前でつまらないことに気づくまでの
懸命な愚かさを
わたしは決して笑わないから。

わたしのくまさん

わたしの家にはくまが出る。
朝、くまは器用に卵を割って
大きなからだで小さなフライパンを傾けている。

わたしの家にはくまが出る。
わたし宛てに送られてきた本を
ソファで興味深そうに開いている。

わたしの家にはくまが出る。
窓が一瞬　真っ白に光ると、

くまは両耳に指を突っ込み、
背を丸くして轟きにそなえている。
雷がそんなに怖いのかしら。

くまは夜明け近くまで仕事をする。
寝床にのそのそやってきて、
わたしより先に寝息を立てはじめる。
でも手を伸ばせば必ず握り返してくれる、
毛むくじゃらの温かな手。

最初は、くまのすみかにわたしが住みついたのだっけ。
くまのたっぷりとした腕に頭をのせて眠ったふりをしたり、
くまの作ったシチューをおかわりしたり、
読みたい本を少しずつ持ち込んだりして。

そういう暮らしには、くまのすみかは狭かったみたいで
一緒に不動産屋を訪ねたのは、もう一年近く前のこと。
くまが夜毎スマホをぽちぽちしたおかげで、
幸い、ゆったりめの部屋が見つかった。

ある日、鏡を見て気がついた。
わたしも、くまみたいになってきた。
くまがしゃもじでよそう、
ふかふかのご飯がおいしくて。

くまと知り合う前のわたしは、
いつも寝不足で痩せこけていたと思う。
知り合ってからもしばらく、
くまとは距離をとっていた。
何しろ、くまだ。
くまは、ひとかどのくまなので

たくさんの人間と仕事をしているが、
友だちと呼べる人は数限られるらしい。
そこで、くまは毎晩わたしに電話をかけてきて
熱っぽく話し込んだり、勝手に寝落ちして
いびきをおっとり響かせたりした。
そろそろ会ってもいいかもな。

それでも初めて会ったとき、
くまがとても怖かったのだ。
テーブルに何気なく置かれた、
おにぎりみたいな握りこぶしに
わたしは内心震え上がった。
でも段々、怖がる必要はないとわかってきた。
心配ご無用、
くまはわたしの扱いかたを心得ていた。

わたしが廊下の隅で力尽きていると、
くまは愉快げにそれを見つけて
わたしの手をとり、立ち上がらせる。
一曲踊ろう！
誘いに渋々応じたら、たちまち一回転。
どんなに不格好なダンスでも
おお上手だね、と褒めてくれる。

くまが出かけた後、
部屋の電気を消していくのはわたしの役目。
エコには程遠い、くまとの暮らし。
くまがいないと、ソファが余ってしかたない。
わたしのなかのこぐまが
うーうー鳴き出してしまう。

書きあぐねた夜、わたしはくまを探す。

白シャツのふっくらお腹を見つけると、
すかさず両腕でつかまえて
ひととき、一緒にゆらゆらする。
だけど、くまのくしゃみは
爆弾みたいに大きいので、
くしゃみの気配を感じたら、
とっさに飛び退かなくてはならない。

それでも、帰れる場所はここしかない。
くまは大の映画好き。
『シェルブールの雨傘』を流せば、自ずと寄ってくる。
わたしが度々巻き戻すので、大いに不服そう。
愛しい人を乗せ、汽車は無情に遠ざかっていく。

くまが得意なのは、編み物だ。
正確には、編み物ではなく、編み物をほどくこと。

わたしが自分ではじめた編み物に
ぐるぐる絡まって身動きとれなくなると、
くまはすんすんやってくる。
ここから出られるよ〜と
見えない糸を王冠みたいに持ち上げて、
わたしを手品のように逃がしてくれる。
それは見事なコンビネーション。

わたしの不毛な編み物を笑うのに、
実はだれより小心者のくま。
健康診断の胃カメラに何日も怯えてた。
沈んだ顔でふいにこんなことを言う。
ぼくが病気で死んじゃったら、
きみのお世話はだれがするの。
失敬な。
でも最近気がついた。

くまは、腕よりもお腹なのだ。
どんなまくらよりぷくぷくの
きみのお腹まくらが気に入った。
だからね
わたしたち、きっとだいじょうぶよ。
お腹越しのきみに
こぐまの声で話しかけている。

続きを書いて

人生に不満を抱いている人は顔でわかる。
もの欲しそうな顔をする。
欲しい言葉に触れると、
無自覚に声が高くなる。
息を整えて喋り出す。
その無防備な姿を痛々しいなんて思わない。
私たち、欲望に忠実なだけ。

「この続きを書いて」
今でも覚えている。

ハルが物語の一行目だけ書いたノートを
手渡してきた瞬間を。
教科書に載っていない物語を
自分たちの手で作れるなんて。
窓の外は雪。教室の暖房機に腰かけて
八歳の私はまだ迷いながら鉛筆を握った。

最後に会った日、ハルはヴィヴィアンのジャケットを着て現れた。嶽本野ばらを偏愛し、大学の合格発表を翌日に控えていた彼女の「その後」を、上京した私は知らない。

十年ぶりの待ち合わせには、すすきの駅近くのカフェの入り口を指定した。彼女の気配を見逃さないよう、全方位に気を配る。だが、「あの子かもしれない」と目をつけた女性たちは、次々に通り過ぎていく。
「ゆみちゃんだよね？」
意表を突かれて振り向く。

ピンクベージュのワンピースに身を包む一人の女性。くっきりと整った品のよい目鼻立ち。落ちついた装いながら、愛らしいえくぼとピンヒールにだけ、かつての彼女の面影が息づいていた。

彼女の「その後」は、私の想像とは全く異なるものだった。
周りが就活しはじめたから、会社に入って。
彼氏が早く結婚したい、と言うから籍入れて会社辞めて。
最近は毎日YouTube観たり、あつ森したりが多いかな。
「働かないで生きていきたいなあ、と元々思ってたの。
そしたら目の前に『結婚』っていう切符が現れたから」
ゲームのストーリーを淡々となぞるように彼女は語る。
前みたいに本読んだり、映画観たりしないの？
わたしは聞けなかった。
もしそう尋ねたら、
自分の信じてきた幻想が崩れてしまう。

そんな思いが顔に出ていたのだろう。
「これはこれで、今も幸せだよ」
釘を刺すように彼女は告げた。
破壊。それは破壊だよ、ハル。
作家になろう、って一緒に約束したじゃない。
あなたの幻影にすがって生きてきた私は
ねえ、どうすればいいの？

「才能」という言葉を聞くたび、
真っ先に思い浮かぶのは、ハルの存在だ。
彼女には驚かされることばかりだったから。

「この続きを書いて」

私が抱えているのは、
「物語にならないことへの気持ち悪さ」だった。

ハルと顔を合わせれば、
本当の欲望が見つかるかもしれない。
自分自身で探さなければならない結末を
彼女なら示してくれるはず。
けれど、彼女もまた
私の知らない遠くを目指していた。

それでも、あなたが読んでくれるから
あなたが「書いて」と言ったから
私は書いてきたんです。
たとえ彼女の人生に、私が不在でも。
ハルが手渡してくれた、
物語の書き出しを
あの冬の教室を
何度でも
この手のなかによみがえらせて。

救わない

Ⅰ

隣のテーブルから偶然聞こえてきたのは、意表を突く言葉だった。

「僕は自分の作品によって、自殺する人が一人でも思いとどまってくれたら、と願って書き続けているんです」

なぜ「自殺」なんだろう。

詩で誰かを救えたら美しいのか。

医師やカウンセラーには果たせない何かが
ときに創作物には宿るというのか。

死ぬことが唯一の救いであるという深い確信。

あなたにそれを奪えるのか。

当然だけど、作品と無関係に人は死ぬ。詩を書き始めた頃、クラスメイトが何の前触れもなく亡くなった。十階建てマンションの非常階段から飛び降りたという。そうした経験があるなら、なおさら創作の動機になってもおかしくない。でも自分の創作と結びつけるには、その子の死は身近すぎた。題材として真実味もない。だから作品に書くことはなかった。

わたしは読み手の心を動かすことを警戒する。影響力を持つことの怖さ。読者を良い方へ導くことができる、と信じて疑わない態度は、悪い方に導いた可能性を排除している。言葉はたやすく人を動かしてしまう。想像の中で、それはいつも悪い方に傾く。

わたしが書きはじめた理由は、
誰かを救うためではない。
それは憧れだった。
幼い親友が「続きを書いて」と、

物語を綴ったノートを手渡してきたときから。

彼女に憧れ、互いに作家になることを約束した。

大人になった彼女の姿をときおり夢見た。

十年ぶりに再会した彼女は、
幼い頃に語った将来とは随分違う人生を歩んでいた。

「なぜ彼女は書くのをやめてしまったんでしょう」

わたしが呟くと、ある作家の友人はこう返した。

「あなたが近くにいたから、というのは大きいんじゃない？」

誰かに影響を与えている可能性を
自分は一度も考えたことがなかった。
それは責任から逃れたいことの表れでもある。
わたしが書かなければ、近づかなければ、
彼女は違う道を選んだかもしれない――
それも身勝手な思い込みだろう。

なのに、わたしは彼女に再会すれば
自分が書き続けてきた意味がわかる　と
ひそかに期待し、高揚さえしていた。

今まであまりにも
自分の痛みにばかり敏感だった。
わたしは救わない。
問い直さなければならない。
人の心を動かすのが怖いと言いながら、
詩を書き続けるのはなぜなのか。

II

いつしか覚えのない痣が膝に広がっていた。
うっすらとした青紫色は、血を思わせる赤茶に変わり、
やがて黄みの強い白膚に包まれていく。

傷口にレンズを向ける、焼きつける。
そこに自分の内面が表れている気がして。

（月曜日いつものように登校すると、教室にその子の姿はなかった。サッカー部だった彼は友人も多く、特に何か問題を抱えた生徒には見えなかった。彼の痛みに、わたしは気づくことができなかった。思い出されるのは、彼本人ではなく、彼の不在だ。掃除当番になったとき、妙に軽くなったその子の机を運んだこと。教師が彼の友人にしきりに事情を聞いていたこと。車窓の暗闇を見つめていた修学旅行の日。十四歳で死を決意するってどういうこと、という素朴な疑問。これは今も消えない）

もし心の傷が　この痣のように
見えるものとして身体に刻まれていたら、
わたしたちは互いのぶざまな有り様を
ようやく笑い飛ばすことができるだろうか。
身体中に包帯をなびかせて、

胸を張って歩くだろうか。

ある夜、メッセージの受信を知らせるスマホの通知音が響いた。同じ高校の同期生からだったが、在学中ほとんど話した記憶はない。彼は所属していた部活と当時のあだ名を告げ、丁寧な自己紹介をした後に、雑誌でわたしの文章を目にしたこと、その感想と、「詩の話をできる友人はいないが、自分は詩を読むことが好きだ」と話す。

ぐらりとして足がすくむ。
遠く隔てられた場所から
ぐっと手が伸びてきた。
その感覚に耳を塞がれて
しばし黙り込んだ。
動くはずのない壁を
動かしてしまったように感じた。

彼の存在を知ってはいたが、
こちらの姿は見えていないと信じ込んでいた。
何も見えていないのは自分の方ではないのか。
わたしが校舎の中で見ていた世界は
現実ではなく、
クリアな幻想だったのかもしれない。

自分がここまで来られたのは、
誰かの歩みを追いかけてきたから。
けれど、その誰かもまた
わたしを見つけ出す目を持っていた。

わたしは誰も救わない。
だが、同時にこう思う。
読者に作品をゆだねることは、他者の人生に
自分の言葉が編み込まれることをゆるす行為だ。

彼らには　わたしの言葉が「見えた」という。
ならば、読者の「目」を信じたい。

この道は誰かに繋がっている。
たとえ姿が見えなくなっても、
いなくなったわけではない。
ここにいない存在にも
等しく時間は流れている。
互いを導きながら、
きっと同じ道を歩いている。

*

誕生

世界を鮮明に知覚した時期は、
本を読みはじめた頃と重なる。
記憶は、言葉と共に定着するらしい。
生まれた瞬間の「記憶」はない。
でも臍の緒を切られている自分を
俯瞰で眺めることはできる。
それは　だれかが
わたしの誕生について語ってくれたから。

遺品として預かった文庫サイズの日記帳は、ページが少し膨らんでいた。

膨らみの正体は、友人や恋人とのプリクラ。カレンダーの欄に並ぶ、バイトや試験の日程。残りはすべて引用だ。ありとあらゆる書物からの引用が、角張った文字でびっしりと綴られている。制服姿の学生証のコピー。この年の彼女は意思の強い目をしている。日記帳を手に上京した一九九五年の日々が、日に灼けて古びていく。わたしが彼女を知ったのは、彼女が自死した後のこと。だから、この関係にはじまりも終わりもない。自分が語るべきこととは思わなかった。彼女はすでに豊かな言葉を湛えていたので。

彼女は日記を書き残したが、
書くことは彼女を救わなかった。
彼女の残した言葉を読んで
わたしは今を生き延びる。
この物語がどのように終わるのか、
自分自身ではとても知り得ない。
わたしの死を語るのは
わたしではないだれか。

彼女の生家を訪ねた日、
日記に描かれた庭の薔薇の前に佇んだ。
彼女の生前の日常に触れたはずなのに、
どうしてか「閉ざされた」と感じた。
家族写真のアルバムに大人になった彼女がいた。
緊張しているのか、表情が硬い。
彼女が何を考えていたのか　読み取れないことを
やはり「閉ざされた」ように感じた。
薔薇も墓石も
日記のようには語らなかった。
言葉にされようがされまいが、
それらは「在る」ものだった。
それでも　わたしがここに来たのは、
彼女の残した声に呼ばれたからだ。

たましいが永遠に壊れないならば、
肉体とは抜け殻に過ぎないのか。
死とは、光と影が反転するだけのこと。
地の影に触れるように生まれた手足が
影と共に自立し、歩き出し、抱き合って
やがて影を失い、光へ取り込まれていく。
それが死、ということなのか――。
まるで、ちいさく硬いさなぎから
蝶が放たれるように。

見てきたことを言葉に残すのは、
走馬灯を編んでいるようなものだ。
わたしが死ぬときは、
いったい幾つ走馬灯が流れるだろう。

言葉を知って驚いたのは、
人間が実に膨大な量の声を浴びて
大人になっていく、ということだった。
記憶を持てない頃から
世界はこんなにも　自分へ語りかけていたとは。
仄暗いトンネルの中にいたことに気づき、
わたしはようやく身を起こした。
気づくのはいつだって
言葉のあと、なのだ。
トンネルを抜け出ると、
一筋の川があらわれた。
わたしは声のする方角を目指して
羽のように歩きはじめた。

あとがき

本書は私にとって四冊目の詩集です。「現代詩手帖」の連載詩〈痛みという踊り場で〉(二〇二一年七月号〜二〇二二年十月号)を含む、二〇一六年から二〇二二年にかけて執筆した詩から二十六篇を選びました。

「パラレルワールドのようなもの」の章は、移り変わるコロナ禍の生活を、如実に反映しています。詩の専門誌ではない、一般誌で発表した作品が中心です。初出は以下の通り。

コロナタワー　「文藝春秋」二〇二〇年六月号
誰もいない街　「週刊文春WOMAN」二〇二〇年春号
誘蛾灯　「読売新聞」二〇二〇年九月二十五日夕刊
遠いくちづけ　「婦人之友」二〇二一年十月号
おやすみなさい　「早稲田学報」二〇二〇年八月号
パラレルワールドのようなもの　「現代詩手帖」二〇二一年九月号

時事的な話題に触発されて詩を書くことについて、背中を押されたきっかけは、二〇二〇年三月頭に執筆した「誰もいない街」でした。「日本の現状を反映した詩を書いて欲しい」という依頼を受け、時代の空気感を写し取りながらも、読者の心の拠りどころとなるような表現を探った。当時は、突然の休校措置、トイレットペーパーの買い占めなど突然の事態に多くの人が動揺していた。ただ、不安が杞憂に終わることを願える余裕もあったように思う。

その一年後、感染拡大の危機を「パラレルワールドのようなもの」と形容されたとき、では自分が生きるこの世界は何なのかと、自分の存在も含めて誰かにとっての「並行世界」とされたことに衝撃を受けた。オリンピックを「祝祭」として祭り上げる一方で、コロナによる重症者数や自宅療養者の数は日々最高記録を更新していた。自分は一体どちらの現実を生きているのだろう。混乱の真っ只中で二十代が終わり、三十代を迎えた。

「無かったこと」にされるのが嫌だった。大きく取り上げられる存在がある一方で、消される存在、無視される声が多くあった。毎日スマホに届くコロナ感染者の死者数、誰かの差別的な言動やハラスメント、悪質なヘイトクライム。「無いもの」として扱われるなら、せめて「在る」ことを認めさせたい。消されるものか。そんな思いで詩を書き継いでいった。

前回の詩集から六年が経つ。その間、エッセイ集や詩集の文庫化の節目はあったものの、体調を崩し、自分の時間が止まったように感じていた。止まった時間を動かしていくためには、痛みの記憶を振り返ることが不可欠だった。活動や日常生活がままならなかった期間、詩を書くことだけは手放さなかった。普通の文章だと書けないことも詩だからこそ形にすることができたのだ。

詩「わたしが透明じゃなくなる日」の後半は、詩集『適切な世界の適切ならざる私』(思潮社/ちくま文庫)の「私は〝すべて〟を覚えている」へのアンサーになっている。十六歳の頃に書いた詩だ。併せてお読みいただけたら、また違う視点で楽しんでいただけるのではないかと思う。

詩「誕生」の執筆に際しては、『八本脚の蝶』著者の二階堂奥歯さんのご家族に温かく迎え入れていただき、お宅で貴重なお話を伺いました。奥歯さんの作品と、奥歯さんを思うご家族のお姿から生まれた詩です。厚く御礼申し上げます。

このように一篇一篇に言い尽くせない背景があり、執筆の際も一様ではない逡巡や葛藤があった。収録に耐えうる作品も敢えて外し、厳選した。本書の方向性からは外れるものの、魅力的な作品も手元にまだ多くあり、次はあまり間を置かずに詩集を出せたらと考えている。

本書の完成までは、思潮社の出本喬巳さんに「現代詩手帖」連載時より支えていただきました。毎回いただくご感想に励まされました。

素晴らしい装丁は、エッセイ集『洗礼ダイアリー』でもご一緒した、川名潤さんのお仕事です。今回は詩集を手がけていただき、とても嬉しいです。

帯文は詩人の小池昌代さん、女優の夏木マリさんに頂戴しました。尊敬するお二人の言葉に勇気をいただきました。本書にかかわった皆さまに深く感謝いたします。

今はこの詩集を通じて未来の詩の読者と出会えることが楽しみでなりません。本当にありがとう。またきっとどこかで。

二〇二二年八月　　文月悠光

文月悠光（ふづき・ゆみ）
詩人。一九九一年生まれ。16歳で現代詩手帖賞を受賞。高校3年のときに発表した第1詩集『適切な世界の適切ならざる私』（思潮社／ちくま文庫）で、中原中也賞、丸山豊記念現代詩賞を最年少18歳で受賞。そのほかの詩集に『屋根よりも深々と』（思潮社）、『わたしたちの猫』（ナナロク社）。エッセイ集に『洗礼ダイアリー』（ポプラ社）、『臆病な詩人、街へ出る。』（立東舎／新潮文庫）がある。雑誌「婦人之友」にて「ミヨシ石鹸」広告の詩を毎月執筆。詩の朗読、詩の展示、インスタレーションなど広く活動中。
http://fuzukiyumi.com/

パラレルワールドのようなもの

著者
文月悠光《ふづきゆみ》
発行者
小田久郎
発行所
株式会社 思潮社
〒一六二―〇八四二　東京都新宿区市谷砂土原町三―十五
電話〇三（五八〇五）七五〇一（営業）
〇三（三二六七）八一四一（編集）
印刷・製本所
創栄図書印刷株式会社
発行日
二〇二二年十月三十一日